Le PÈRE CASTOR raconte ses histoires pour grandir

Pour le CD mp3 :
Textes lus par Claire Benoist et Benjamin Scampini,
avec la participation de Céline Pouzet et Audrey
Musique : Pascal Ducourtioux
Ingénieurs son : Pierre-Louis Rougier et François Gaucher
Enregistré au studio Alhambra Colbert

Ce titre existe également dans une version sans CD.
Conception graphique : Flammarion, Frédérique Deviller (intérieur) et Marie Pécastaing (couverture)

Éditions Flammarion – 87, quai Panhard-et-Levassor, 75647 Paris Cedex 13
www.editions.flammarion.com
ISBN : 978-2-0813-3921-7
Dépôt légal : novembre 2014 – N° L.01EJDN001070.N001
Imprimé en Chine par South China Printing – 07/2014
Loi n° 49-956 du 16 juillet 1949 sur les publications destinées à la jeunesse

CD AUDIO

Le PÈRE CASTOR raconte ses histoires pour grandir

Père Castor • Flammarion

Et une histoire en bonus, *Le grand voyage d'Oscar* de Sylvie Poillevé, à découvrir sur le CD.

1.

Je veux ma maman !

Claire Clément, illustrations de Madeleine Brunelet

Petit Écureuil s'est perdu en courant comme un fou dans la forêt. Son papa et sa maman le cherchent partout, mais c'est Paul qui l'a trouvé.

Petit Écureuil est blessé : il a une grosse épine dans le pied qui l'empêche de sauter. Alors Paul le ramasse, le met dans son anorak, tout contre sa poitrine, et il rentre bien vite chez lui.

Sa maman enlève la grosse épine, puis elle dit à Paul :
– Voilà, maintenant Petit Écureuil peut retourner dans la forêt.

Mais Paul veut le garder.
Il lui fabrique une maison avec une boîte en carton, puis il lui cherche un nom.
Il l'appelle Frisson, parce que Petit Écureuil a toujours l'air d'avoir froid.
Mais Petit Écureuil n'a pas froid !
Il veut sa maman, mais ça, Paul ne le comprend pas.

Paul lui apporte de la salade, des glands, des noisettes et même des bananes !

Mais Petit Écureuil n'a pas faim. Il veut sa maman, mais ça, Paul ne le comprend pas.

Paul lui raconte des histoires, lui montre des images. Il se déguise aussi pour le faire rire.

Mais Petit Écureuil n'a pas envie de jouer. Il veut sa maman, mais ça, Paul ne le comprend pas.

Alors Paul prend Petit Écureuil dans ses bras. Il l'embrasse sur le bout du nez, pour un peu le câliner.

Mais Petit Écureuil n'a pas envie d'être bercé. Il veut sa maman !

Le lendemain, Maman emmène Paul au zoo. Il regarde les éléphants, les girafes. Il donne du pain aux cygnes, il parle aux phoques. Et là-bas, il aperçoit les singes. Paul court, tout excité. Les singes font des grimaces, se grattent, se disputent, s'embrassent. Et Paul rit, il rit ! Il se retourne pour rire avec sa maman, mais… Maman, où est-elle ?

Paul regarde partout, à droite, à gauche, mais Maman a disparu. Paul a perdu sa maman.

Les singes ne le font plus rire, Paul ne regarde plus les éléphants, ni les girafes, il ne veut plus parler aux phoques, ni donner à manger aux cygnes. Paul veut sa maman.

Un monsieur lui prend la main, et lui dit :
– Tu as perdu ta maman ? Viens, nous allons la chercher ensemble.
Et, en attendant, il lui propose une gaufre !
Mais Paul n'a pas faim. Il veut sa maman.
Le monsieur imite un singe, pour le faire rire.
Mais Paul se met à pleurer :
– Je... veux... ma... ma... man... !
Et tout à coup, Maman est là, devant lui. Paul se jette dans ses bras, et il crie :
– Maman !
Il pleure, et il rit de joie.

En rentrant à la maison, Paul va voir Frisson. Il lui dit :
– Frisson, je sais pourquoi tu ne manges pas, et pourquoi tu as toujours l'air d'avoir froid. Tu es malheureux, n'est-ce pas ? C'est ta maman que tu veux ?
Alors, pour la première fois, Paul voit dans les yeux de Frisson des petits points d'or comme une pluie de joie !

Le lendemain, Paul ramène Frisson dans la forêt.
Papa et Maman Écureuil sont là. Ils serrent très fort leur petit dans leurs bras.

2.

Cachette secrète

Paule Brière, illustrations de Hervé Le Goff

Léa connaît un précieux secret, un petit endroit où personne ne la voit. Personne ne sait où c'est, personne n'a le droit d'y entrer. C'est une cachette secrète, chez Léa, rien qu'à Léa.
Léa est bien dans sa cachette. Il y fait chaud et doux comme dans le ventre de Maman quand elle était tout petit bébé.

Léa aime bien sa cachette. Il y fait beau et gai comme dans les bras de Papa quand il est son prince charmant.

Parfois Léa s'ennuie. Elle ne peut pas jouer dehors, le jardin est mouillé car il pleut fort. Elle n'a plus de livre à regarder, plus de cahier à colorier, que des infos à la télé.
Alors Léa se glisse dans sa cachette. Elle s'y roule en boule, elle suce ses doigts. Elle s'y endort même quelquefois. Et elle rêve...

Parfois Léa taquine son frère rien que pour jouer, pour rigoler. Mais Lucas ne sait pas s'amuser. Il se fâche, et la bataille éclate. Et Léa crie, et Lucas tape.
Alors Léa se sauve dans sa cachette. Elle compte les marques laissées par les tapes. Elle grogne et fait des grimaces dans le dos de Lucas. Et elle rêve…

Parfois Léa refuse d'obéir. Maman fait les gros yeux, Papa gronde fort. Léa se fâche contre eux, elle ne veut plus rien savoir.
Alors Léa disparaît dans sa cachette. Elle marmonne des gros mots que Maman n'entend pas, ni Papa. Puis elle regrette, elle pleure un peu. Et elle rêve…

Soudain, dans sa cachette, Léa sent le gâteau que sa maman prépare pour le goûter. Du fond de sa cachette, Léa entend son air préféré que son papa siffle pour l'amadouer.

Au creux de sa cachette, Léa voit son frère Lucas qui la cherche pour jouer.

Alors Léa oublie les tapes et les grimaces. Léa oublie les gros yeux et les menaces. Léa oublie la pluie, la fatigue et l'ennui. Et elle sort de sa cachette.
La vraie vie, c'est au-dehors !

3.

La petite Nénuphare

Pascale Tortel, illustrations de Clémentine Collinet

Voici la famille de Nénuphare.
Le plus grand, c'est Papa, à côté, c'est Maman.
Il y a aussi le grand frère Lotus et la grande sœur Roussette.
La plus petite, c'est Nénuphare.

Ce matin, toute la famille part en promenade.

Lotus et Roussette s'amusent comme des petits fous. Ils courent, tournent, tournicotent en criant : « **Hou ! Hou !** »

Nénuphare aimerait bien courir avec eux.

– Dis Maman, je peux aller avec les grands ?

– Non, tu dois donner la main, tu es trop petite, explique Maman.

– Petite ? Pourquoi tu dis ça ? demande Nénuphare.

Quand toute la famille arrive au bord de l'eau, Papa s'installe pour pêcher.

Clip ! Clop ! Nénuphare s'approche de lui en sautillant.

– Dis Papa, je peux pêcher avec toi ?

– Non, tu es trop petite ! répond Papa en riant.

– C'est pas vrai ! Je suis une grande ! dit Nénuphare en prenant son petit air grognon.

Clip ! Clop !

Alors, elle va voir son frère un peu plus loin. **Un, deux, trois, hop !** Lotus saute de caillou en caillou. Nénuphare aimerait bien faire comme lui.

– Je peux sauter avec toi ? demande-t-elle.

Mais Lotus crie :

– Pousse-toi, tu es trop petite. C'est pas un jeu pour les bébés.

Un, deux, trois, hop ! il saute encore plus loin.

« C'est pas juste », pense Nénuphare.

Et elle reste seule au bord de la mare.

– Puisque c'est comme ça, je vais voir Roussette, décide-t-elle.

Clip ! Clop ! Sa grande sœur s'amuse drôlement bien.

– Je peux jouer avec toi ? propose Nénuphare.

– Pas question, je ne joue pas avec les bébés ! réplique Roussette sans même la regarder.

– Je ne suis pas un bébé, d'abord. Et puis j'en ai assez, je m'en vais. Na !

Alors, d'un pas décidé, Nénuphare s'éloigne. **Clip ! Clop !**

– Je vais me construire une cabane pour moi toute seule, et personne n'y viendra.

Nénuphare ramasse des branches pour les murs, des feuilles pour les fenêtres, de la mousse pour la moquette, et quelques fleurs pour faire joli. Elle est très occupée, elle ne voit pas le temps passer. Nénuphare est toute seule dans la forêt.

Cric ! Croc ! Elle entend soudain des bruits bizarres.

– J'ai peur ! dit-elle en tremblant.

Soudain, on fait : **« Hou ! Hou ! »**

Et un monstre affreux bondit devant elle. Il a des dents pointues, des ongles crochus... Il va la dévorer !

Soudain, le monstre l'attrape de sa grosse patte. Que va-t-il arriver à la pauvre Nénuphare ?

Mais le monstre se met à parler !
– Ah, te voilà ! On t'a cherchée partout ! On a eu peur, tu sais !
Ouf, c'est Papa ! Nénuphare est sauvée.
– Je ne partirai plus, c'est promis, dit-elle en embrassant bien fort Papa et Maman.

Ce soir-là, dans son petit lit bien chaud, Nénuphare demande :
– Dis Maman, c'est quand que je serai grande ?
– Bientôt mon bébé adoré.
Et Nénuphare s'endort, rassurée.

4.

Le doudou perdu d'Océane

Kochka, illustrations de Claire Delvaux

Chaque matin, en entrant dans la classe, les enfants déposent leurs doudous dans un grand panier. Mais, après les vacances de Pâques, la maîtresse Nadia leur dit :
– L'année prochaine en CP, vous ne pourrez pas les emmener ; alors, il faut vous habituer à les laisser à la maison. Donc demain, si le grand panier est vide, à sa place je vous promets une surprise !

Le lendemain, un doudou dort dans le panier.
– C'est le mien, dit Océane avec une toute petite voix.
– Océane, murmure la maîtresse en se penchant à son oreille, si tu libères le panier, demain, on installera un théâtre.

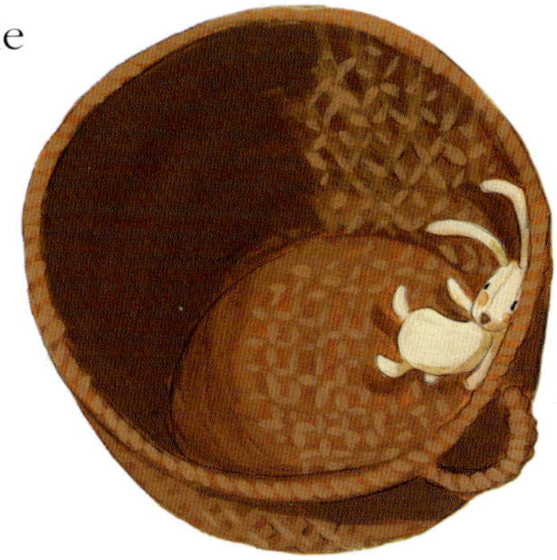

À l'heure de la sortie, les mamans discutent en marchant devant.
Jean et Nico se moquent de la petite Océane :
– Océane est un bébé-eu, elle a toujours son doudou-eu.
Océane est très vexée. Elle leur dit :
– Non, c'est pas vrai !
– Alors jette-le ! dit Nico en passant devant une poubelle.
– Oui jette-le ! répète Jean.
Alors Océane jette son lapin, et les mamans ne voient rien.

La nuit tombe sur le lapin et la poubelle, quand Clara sort de chez elle. Clara est aussi à la maternelle, mais elle ne connaît presque pas Océane, qui n'est pas dans la même classe.
– Dépêche-toi ! lui dit sa sœur en la tirant derrière elle. La boulangerie va fermer !

Mais à cet instant, Clara voit une oreille qui dépasse de la poubelle.
– Regarde, crie-t-elle, il y a un doudou jeté !
– On n'a pas le temps, lui répond Anabelle. Et on ne ramasse pas dans les poubelles !

De retour à la maison, Clara saute sur sa maman.
– Maman, Maman, il y a une oreille dans la poubelle du réverbère ! Il faut aller voir qui c'est !
– Une oreille ? s'étonne Maman.
– Oui Maman, une oreille de doudou !
– Tu en es sûre ? demande Maman. Attends, je mets mes souliers.

Cinq minutes après, Maman et Clara reviennent avec un petit lapin crotté.

– Qu'il est sale ! dit Maman en le fourrant dans la machine à laver.

La machine commence à tourner.

– Tête en haut, chante Clara, tête en bas, tête en haut, tête en bas.

Une heure plus tard, Maman ouvre le hublot. Le lapin atterrit dans une bassine.

– Maman, crie Clara, regarde, c'est écrit dans son oreille !

Maman attrape le lapin et lit :
« Lapin de Nane pour la vie. »
Dans l'autre oreille, un nom plus long est effacé.
« Pauvre lapin mouillé, pense Clara. Et pauvre Nane toute triste. »

De son côté, dans sa maison, Océane n'arrive pas à s'endormir.
– Enfin Nane, où as-tu mis ce lapin ? s'énerve sa maman en fouillant l'appartement.
Océane éclate en sanglots :
– Il est dans la poubelle de la rue…

Quand elle comprend toute l'histoire, sa maman part en courant. Hélas, dehors, les poubelles de la rue sont vides, et le lapin n'est plus là.

Le lendemain, Océane est complètement fatiguée. Sa maman voit la maîtresse devant l'école. Elle lui raconte ce qui s'est passé.

Mais justement, Clara arrive avec sa maman et, en entendant quelques mots de leur conversation, elle comprend que le petit nom d'Océane, c'est Nane !

– J'ai ton doudou ! crie-t-elle. Il est avec mon doudou !

Le visage d'Océane s'éclaire.

Puis Océane, Clara et les deux mamans courent chercher le petit lapin sauvé.

Sur le lit de Clara, un lapin aux grandes oreilles discute avec des peluches. Océane se précipite et le prend dans ses bras !

– Tu sais, lui dit Clara en attrapant aussi son doudou Crapounet, les doudous n'aiment pas l'école ; ils ont peur de se perdre. Moi, le mien ne quitte jamais mon lit !

Océane s'étonne :

– Mais tu n'as pas peur qu'il soit triste sans toi ?

– Non, répond Clara, il n'est pas seul, il s'occupe. Et le soir, quand je rentre, il saute dans mes bras comme ça : **BING !** Et après, on a plein de choses à se raconter !

5.

Duvet ne veut pas voler

Jacqueline Girardon, illustrations de Savine Pied

Dans la grande forêt, à la cime d'un arbre, Papa et Maman Oiseaux avaient confectionné le plus douillet des nids pour leurs deux oisillons, Plume et Duvet.

Plume et Duvet avaient un appétit d'ogre. Ils engloutissaient à qui mieux mieux mouches, vermisseaux et baies sauvages, que Papa et Maman Oiseaux déposaient tour à tour dans leur bec grand ouvert.

Le soir venu, quand les étoiles s'allumaient et que le froid se faisait sentir, dans le nid bercé par le vent, comme il faisait bon s'endormir blotti contre Papa et Maman !

Il y a un temps pour se laisser bercer. Il y a un temps pour apprendre à voler et quitter le nid.

Le jour arriva où Papa et Maman Oiseaux donnèrent aux oisillons leur première leçon de vol. Devant les petits, ils exécutèrent un décollage au ralenti, et les encouragèrent à s'élancer.

La plus hardie, ce fut Plume. Après quelques battements d'ailes maladroits, elle retomba un peu trop vite sur le sol. Le premier vol était souvent imparfait. Les parents applaudirent, car il fallait encourager l'audacieuse.

Le deuxième vol fut beaucoup mieux réussi.

– À toi Duvet !
Mais pour Duvet, pas question de se lancer dans une telle aventure !
Ah ! plutôt retourner dans sa coquille.

Maman promettait une récompense. Papa grondait. Rien n'y faisait. Plume sut voler avant même que Duvet ait fait la moindre tentative.

Puis il y eut les leçons de perfectionnement. Il fallait suivre Papa et Maman Oiseaux au-dessus de la forêt, et se poser dans la cour de la ferme, là où l'on trouve de bonnes choses à picorer.
Plume apprit tout cela, mais pas Duvet qui restait dans le nid.
Maintenant, dans la forêt, tous les oisillons volaient. Ils venaient voir Duvet et lui répétaient :
– Vole Duvet, vole !

Les pluies d'automne se mirent à tomber. D'arbre en arbre, des messages circulaient :
– L'hiver sera rude !
– Il faut partir !
Duvet ne savait toujours pas voler. Cela devenait très préoccupant pour Papa et Maman Oiseaux. Ils ne pouvaient plus attendre. L'hiver approchait. Ils risquaient de mourir de froid.

Le cœur serré, ils prirent la décision de laisser Duvet… et de partir sans lui vers les pays chauds. Abandonné à son triste sort, Duvet se retrouva seul.

Les jours passèrent et le froid s'installa. Des oiseaux plus robustes, restés dans la forêt, vinrent donner la becquée à Duvet. Sans eux, Duvet serait mort de faim.

À force de toujours rester sans bouger, Duvet devint un énorme oisillon.

Et ce qui devait arriver arriva.

Un matin, le nid vieux et usé dégringola, entraînant Duvet. Fort heureusement, un tapis de feuilles mortes adoucit la chute. Duvet était tout étourdi, mais n'avait rien de cassé. Tapi au pied de l'arbre, Duvet passa une nuit de cauchemar. Il avait froid et tremblait de peur.

– Attention, Duvet ! Vole ! Sauve-toi ! Un serpent te guette !

À cet instant précis, une cigogne survolait la forêt. De son œil perçant, elle vit le reptile et fonça sur lui. En une seconde, le serpent disparut dans son bec rouge.

– Tu l'as échappé belle ! dit-elle à Duvet. Pauvre petit oiseau, viens avec moi.

Et la cigogne transporta Duvet jusqu'à la vieille tour qui servait d'étape aux cigognes en route vers les pays chauds. Duvet y trouva de la nourriture et la compagnie des autres cigognes. Il se laissa réconforter et raconta son histoire.

– Il y a un temps pour se laisser bercer. Il y a un temps pour apprendre à voler et quitter le nid, lui dit la cigogne.

– Il y a un temps pour se laisser bercer, répéta Duvet. Il y a un temps pour quitter le nid et apprendre à voler.

Rassemblant ses forces, déployant ses ailes, Duvet s'élança du haut de la tour. La cigogne avait raison. C'est merveilleux de voler ! Duvet était enfin libre, la terre et le ciel lui appartenaient.

Il revint vers la cigogne.
– Mission accomplie, lui dit-elle. Je t'emmène au pays du soleil, où nous passerons l'hiver.
Le voyage fut une belle aventure. Mais le pays du soleil était trop vaste pour que Duvet y retrouve ses parents. À la fin de l'hiver les deux oiseaux revinrent ensemble au pays.

Un matin de printemps, Duvet survola la grande forêt, et piqua droit sur l'arbre de son enfance. Papa et Maman Oiseaux y reconstruisaient leur nid. Plume bâtissait le sien sur un arbre voisin. Duvet fut accueilli par des cris de joie. Qu'il était bon d'être enfin tous réunis !

Pour fêter les retrouvailles, Papa et Maman Oiseaux invitèrent tous les oiseaux de la forêt. Sous leurs yeux éblouis, Duvet s'élança haut, très haut dans le ciel, jusqu'à n'être plus qu'un minuscule point.
Il y a un temps pour se laisser bercer. Il y a un temps pour quitter le nid et prendre son envol.

6.

Le gros chagrin de Bastien

Odile Hellmann-Hurpoil, illustrations de Madeleine Brunelet

En rentrant de la petite école, Bastien a un chagrin, un énorme chagrin. Un chagrin si lourd à porter, tellement gonflé de larmes ravalées, de colère et de rancune remâchées, que ce chagrin-là casse le beau vase de Maman, déchire le journal de Papa, met des coups de pied dans les portes.

Ce chagrin-là dit encore tout plein de vilains mots à la maman de Bastien, avant de s'échapper, tout enflé de rage, par la fenêtre ouverte. Bastien éclate en sanglots. Sa maman lui caresse les cheveux :

– Que se passe-t-il, mon chéri ?

Bastien se blottit contre elle :

– Hervé, tu sais, mon meilleur copain. Eh bien ! il a arraché le bras de Lapinou parce que je ne voulais pas lui prêter !

Maman sourit :

– Ce n'est pas bien grave, va. Je vais lui recoudre son bras à ton Lapinou !

Pendant que Maman s'occupe de Lapinou, Bastien continue de raconter.
– Alors j'ai dit à Hervé « Je te parle plus », et il m'a répondu « Tant mieux, moi non plus je te parle plus ! »

Maman le rassure :
– Bah, demain vous aurez oublié tout ça !
Et elle s'exclame :
– Regarde ton Lapinou, il est comme avant ! Tu es content ?

Mais Bastien ne regarde pas, il ne répond pas.

Bastien pense à Hervé. Ils s'entendaient si bien tous les deux ! Et maintenant, ils ne sont plus copains…

Finis les petits secrets échangés à voix basse, finies les bagarres pour rire, finies les parties de ballon à la récréation…

Bastien supplie sa maman :
– Viens avec moi chez Hervé !

Alors Maman met son manteau, et Bastien glisse Lapinou dans un sac.

Sur le trottoir, Bastien et sa maman se trouvent nez à nez avec Hervé et sa maman.
Celle-ci s'écrie :
– On allait justement chez vous !
Hervé tend un sac à Bastien :
– Tiens, c'est pour toi, je suis allé l'acheter avec Maman !
Bastien tend son sac à Hervé :
– Tiens, c'est pour toi, je te le prête mon Lapinou !

Tous deux éclatent de rire : dans le sac d'Hervé, il y a un petit lapin qui ressemble comme un frère à Lapinou !

Alors, Hervé dit doucement :

– Garde ton Lapinou, Bastien. Moi, je garde celui-là. Je vais l'appeler Pinpin, et ils seront copains, comme nous !

7.

La petite dernière

Marine Gérald, illustrations de Joëlle Passeron

Aïe, aïe, aïe, rien ne va plus chez les Lapinot. Mélanie, le bébé, le p'tit bout, le chouchou en a assez d'être la dernière ! Elle ne veut plus être la petite de rien du tout, celle qu'on n'écoute jamais.

Petit à petit, Mélanie raconte son souci à toute la famille réunie : à chaque fois, c'est la même chose, elle n'est jamais la première. Quand Mélanie rentre à la maison avec une nouvelle extraordinaire, comme lorsque la famille Jeannot a déménagé de l'autre côté de la forêt, quelle déception ! Basile, son grand frère, et Léa, sa grande sœur, le savaient déjà depuis au moins trois mois.

Et Maman n'a pas le temps, le travail des grands est bien plus important !
Alors, pour qu'on l'écoute à la maison, Mélanie est parfois obligée d'inventer des histoires abracadabrantes, des histoires de loups auxquels elle a tordu le cou, ou de renards qu'elle a assommés rien qu'avec un coup de pied.

Mais même pour ces petits mensonges, Mélanie reste la dernière !
Basile et Léa sont toujours là pour gâcher son moment de gloire :
– On la connaît par cœur ton histoire !
– On la racontait déjà quand tu n'étais même pas née !

Même quand Mélanie a appris à lire et à faire du vélo, ça n'avait rien de nouveau. Basile et Léa, eux, le savaient déjà. Et Papa n'était même pas impressionné.
Il était sûr que Mélanie y arriverait.

Pourtant, Mélanie vient d'avoir six ans. Et six ans, c'est bien plus grand que cinq ans !
Mais même quand elle grandit, Mélanie est toujours la dernière. Elle reste toujours la plus petite de la famille, celle qu'on asticote, celle qu'on fait bisquer.

Sa colère déborde de tous les côtés : Mélanie n'arrive plus à l'arrêter. Alors elle déballe tous ses soucis :
– Je ne veux plus de peluches, plus de goûters, plus de trucs de bébé !

Papa Lapinot ne comprend rien à cette petite lapine qui se plaint. Il essaie de la consoler, de la chatouiller avec des petits mots doux :
– Calme-toi, ma Mélaninouchette !

Mais Mélanie ne veut rien entendre.
– Je m'appelle Mélanie, et c'est tout. Plus question de « Bout d'chou », de « Roudoudou », de « Minouchette » ou « Lapinette ».

Ce soir, Mélanie a un gros chagrin. Et ça, Maman Lapinot le voit bien. Mélanie ne veut plus être « le petit rien », « le rikiki », « le tout-petit ». Mélanie veut être la grande de quelqu'un !

Mélanie crie, elle pleure, elle saute dans tous les sens. Elle met le terrier sens dessus dessous :
– Je veux un petit frère, pour lui faire des misères ! Ou une petite sœur, ou encore une souris, un rat, un autre bébé quoi !

Aujourd'hui, Mélanie en a assez. Mélanie veut un bébé pour ne plus être le bébé. Mélanie veut un bébé pour qu'on l'oublie un peu. Mélanie veut un bébé pour lui apprendre des tas de choses, et pour s'en occuper.

Quand Mélanie a terminé, qu'elle a fini de pleurer, elle réclame encore un bébé. Alors Papa et Maman répondent qu'ils y pensent déjà depuis un petit moment.

Soudain, Mélanie prend peur : qu'est-ce qu'elle deviendra s'il y a un bébé ? Mélanie ne sera jamais la première, elle le sait très bien. Si elle a un petit frère, Mélanie ne sera toujours pas la plus grande, et elle ne sera plus la dernière ! Elle ne sera plus « le lapinou », « le chouchou », « le bout d'chou ». Et ça, ça va lui manquer, Mélanie en est sûre, même si des fois ça l'énerve !

Alors, après avoir réfléchi, Mélanie a changé d'avis : elle veut bien rester la dernière, mais pas tout le temps. Elle veut avoir le droit d'être la première de temps en temps. Et, surtout, surtout, avant qu'il y ait un bébé, Mélanie veut en profiter.

Et ce soir, Mélanie veut bien être la petite dernière encore une fois, pour sauter sur les genoux de Papa, et qu'il lui raconte une histoire !

8.

Un ami pour Antoine

Kochka, illustrations de Claire Delvaux

Le matin, dans la maternelle d'Antoine, pendant le « quoi de neuf », chacun peut raconter ce qu'il veut. Antoine n'a jamais rien raconté. Il garde toujours sa petite voix bien cachée.

La maîtresse est ennuyée :

– Et toi Antoine, on ne t'entend jamais ; n'as-tu pas quelque chose à nous raconter ?

Mais Antoine secoue la tête, et pour faire croire qu'il ne s'ennuie pas, et même qu'il est très occupé, il sort de ses poches des petits papiers pliés.

À la récréation, Antoine s'assoit dans un coin. La maîtresse vient près de lui.

– Est-ce que tu veux bien me donner le secret de tes petits papiers pliés ?

Antoine hésite, et puis il en sort un et le déplie.

Une tortue est dessinée et, dessous, le mot « tortue » est écrit.

– Comme c'est joli ! dit la maîtresse. Est-ce que tu en as beaucoup comme ça ?

– Dans ma poche, j'ai « moto » et « ciseaux », mais à la maison j'en ai plein d'autres. Chaque jour, Papa m'en fait un.

– Ah bon, dit la maîtresse. Tu pourrais nous en montrer pendant le « quoi de neuf ». Je suis sûre que la classe serait très intéressée.

– Non ! répond brusquement Antoine.

Et il replie son papier.

Le lendemain, pendant le « quoi de neuf », la maîtresse annonce l'arrivée prochaine d'un nouvel élève qui s'appelle Kishor.
– Quel drôle de nom ! s'étonne Carole.
– C'est parce que Kishor vient d'Inde, explique la maîtresse. C'est très loin de la France. D'ailleurs, Kishor ne sait pas parler français. Cela va être difficile pour lui, il faudra beaucoup l'aider.
Alors tout le monde commente la nouvelle ; sauf Antoine qui reste silencieux.

Accroché à sa maman, Kishor arrive deux jours plus tard.
Les enfants lui disent bonjour, mais Kishor les regarde d'un air effrayé. Pourtant, en voyant Antoine caché derrière son pull, Kishor lui fait un sourire.
Alors sa maman lui dit quelque chose dans la langue de son pays ; puis elle s'adresse à Antoine :
– J'ai dit à Kishor de te regarder et de faire comme toi.
Puis la maman de Kishor s'en va, et Kishor s'assoit près d'Antoine.
Maintenant qu'Antoine est le modèle de Kishor, il faut qu'il soit courageux !

À dix heures, Antoine emmène Kishor dans la cour, et il sort de sa poche trois petits papiers pliés.

– Lequel tu veux ? demande Antoine.

Kishor ne comprend pas.

– Ça, ça ou ça ? demande Antoine en montrant les dessins avec son doigt.

Kishor prend le mot « avion », et Antoine lui dit :

– Avion.

Kishor répète après lui :

– Avion.

Antoine le félicite, et il range dans sa poche les papiers « étoile » et « crayon ». Mais il donne « avion » à Kishor.
Antoine et Kishor sont contents.

Le lendemain, en pensant à Kishor, Antoine a choisi trois mots dans sa boîte. Pour la première fois, il est très pressé de partir à l'école. Quand il arrive, Kishor est avec sa maman dans le couloir qui mène à la classe.

Antoine enlève son manteau.
– Bonjour ! dit Kishor en le voyant ; et il ajoute : avion !
Antoine lui sourit. Il est fier de Kishor, et il se sent lui-même plus fort. Il dit doucement à la maman de Kishor :
– À la maison, j'ai une boîte pleine de mots.

À dix heures, Kishor et Antoine partagent leurs goûters.
Puis Antoine plonge sa main dans sa poche. Kishor choisit d'apprendre le mot « ami ».
Le lendemain, il apprend « baleine ».
Les jours suivants, Kishor apprend « chameau », puis « soleil » et « château ».

Un matin de printemps, quelques semaines plus tard, la maîtresse demande :
– Alors, quoi de neuf aujourd'hui ?
Kishor a fait des progrès en français. Il lève son doigt et annonce :
– Antoine est mon ami.
Alors le cœur d'Antoine se remplit d'un grand courage et, pour la première fois, il se lève et sa voix sort dans un grand : « OUI ! »
Tout le monde est surpris, et la maîtresse les félicite.

9.

Victor Tropetit

Odile Hellmann-Hurpoil, illustrations d'Élisabeth Schlossberg

Au pays du Bois-Joli, tous les habitants sont très grands et très occupés, sauf Victor. Il est si petit, si petit, que tout le monde l'appelle Victor Tropetit, et prend garde et soin de lui.

Victor aimerait être utile, lui aussi, mais jamais personne au pays n'a besoin de lui.

Lorsqu'il demande au fermier voisin :
– Veux-tu que je t'aide à rentrer les foins ?
Le fermier éclate de rire et répond :
– Voyons, Victor, tu es bien trop petit ! Tu disparaîtrais dans la prairie, et on te ratisserait avec le fourrage !
Quand Victor propose à la fermière :
– Repose-toi donc un peu avant la traite des vaches, je vais finir de rincer les seaux et les bidons !

La fermière s'écrie :
– Non, non, Victor, tu es bien trop petit ! Si tu bascules dans un bidon, tu vas t'y noyer comme un moucheron !
Et quand Victor dit à la fille des fermiers :
– Je peux nourrir les poules et les dindons, pendant que tu nettoies les clapiers des lapins !

Celle-ci pousse des cris :
– Non, non, Victor, tu es bien trop petit ! Les poules te piétineront, et les dindons t'avaleront comme un vulgaire limaçon !

Alors Victor se sent triste. Il s'ennuie. Il rentre dans son petit logis, et gobe tout crus les œufs de pigeons que la fille des fermiers lui a donnés en assurant :
– Cela te fera grandir !
Mais Victor en doute…

Il mange aussi, sans appétit, les biscuits et la part de clafoutis que la voisine a posés devant sa porte. Puis il va se coucher, un peu consolé.

Le lendemain, c'est jour de marché, peut-être aura-t-on besoin de lui ?
Victor se lève de bonne heure. Sur le chemin, il bute contre des salades et des radis. Il grimpe sur la charrette du maraîcher pour attacher les légumes qui glissent, mais le maraîcher bougonne :
– Descends de là, Victor, tu es bien trop petit ! J'irai plus vite sans toi !

En approchant de la grand-rue, Victor entend l'aubergiste se lamenter :
– Oh ! là, là ! je suis en retard, et mon commis qui vient de me quitter !

Victor se précipite dans la salle :
– Ne te fais plus de souci, je suis là, moi !
Mais l'aubergiste crie :
– Hors d'ici, Victor, tu es bien trop petit ! Tu vas m'embarrasser !

Victor gagne la place du marché. Là, les villageois s'agitent, s'interpellent, discutent du prix des fruits, des gâteaux à la chantilly, du kilo de radis…
Sauf Victor : les larmes aux yeux, il est assis par terre, entre l'étal de la charcutière et celui du marchand de bonbons.

La charcutière lui fait signe :
– Victor, viens donc goûter ma tourte au jambon !
Mais Victor ne répond pas, Victor ne bouge pas, pas plus qu'il ne se lève lorsque le marchand de bonbons l'appelle :
– Victor, je t'ai apporté des caramels, comme tu les aimes !

Victor est plongé dans ses tristes pensées, quand il est violemment bousculé. C'est la panique parmi la foule et les marchands. On murmure de partout :
– Balbuzard ! le cruel géant Balbuzard, seigneur de la contrée, arrive en compagnie de son fils unique, Baluchon !
Sur son passage, Balbuzard renverse les étals, saccage les denrées. Il ordonne aux marchands de lui remettre la recette de la matinée…

C'est alors que Balbuzard aperçoit Baluchon, étendu comme mort entre les saucisses et les jambons jetés à terre.
Fou de douleur, il hurle, menaçant :
– Si personne, ici, ne rend la vie à mon fils chéri, je mettrai le pays du Bois-Joli à feu et à sang…

Nul n'ose s'approcher.

Sauf Victor : il entre presque entièrement dans la bouche béante de Baluchon. Alors, à pleines mains, il extrait du gosier du jeune géant les bonbons agglutinés qui y formaient un bouchon. Lui seul avait vu Baluchon avaler tout rond d'énormes poignées de bonbons !

Dès que la gorge de Baluchon est dégagée, Victor se faufile au-dehors, sous les yeux ébahis des gens du pays. Baluchon retrouve sa respiration et ses esprits.

Balbuzard, fou de joie, déclare :

– Par son sang-froid et son héroïsme, ce jeune garçon a sauvé mon fils bien-aimé et, par là même, vous autres habitants du Bois-Joli ! Qu'il en soit remercié !

Et, prenant Victor dans la main, il dépose devant lui sa plus belle bague en or :
– Victor, je te nomme commandeur de l'ordre des chevaliers-sauveteurs !

Le soir, un grand festin a lieu dans la salle des fêtes, en l'honneur de Victor. Celui-ci goûte avec plaisir à tous les plats.
Il est heureux, il se sent aussi utile et important que tous les habitants du pays, qui le félicitent encore et encore…

10.

Le gros bobo d'Adèle

Kochka, illustrations de Madeleine Brunelet

– On joue à chat ? propose Martin.
– D'accord ! répond Adèle en se sauvant comme une abeille.
Mais l'instant d'après, **BINGELING**, elle se cogne à un grand arbre ! Son front saigne, et elle se met à hurler.

Le directeur accourt avec la trousse de secours, puis il appelle les pompiers.
Une fleur de sang apparaît sur la bande du front d'Adèle.

– On va t'emmener à l'hôpital pour qu'un docteur te recouse, lui dit le directeur. Et très vite, ta maman va nous rejoindre là-bas.

Martin bascule sa tête devant le visage d'Adèle.
– Moi aussi, lui dit-il, j'ai une couture au menton.
Et il demande :
– Monsieur, à l'hôpital, qui va lui tenir la main ?
– Sa maman, ou alors une infirmière, répond le directeur. Et ça se passera très bien ! N'est-ce pas ma petite Adèle ?
Adèle fait oui de la tête, mais elle n'est pas rassurée.

Martin s'en va et revient.
– Voilà Chouki, dit-il. Il connaît l'hôpital, et il est très courageux. Je te le prête si tu veux !
– C'est vrai ? demande Adèle en prenant Chouki dans ses mains.
– Oui, dit Martin. Quand on m'a recousu, quand j'avais quatre ans, il n'a pas pleuré du tout !

Puis on vient chercher Adèle et, petite bête accrochée à sa main, Chouki s'éloigne en dansant.

À l'hôpital, Adèle ne parle pas, mais elle serre très fort Chouki. Une infirmière apparaît.
– C'est toi Adèle Benoit, la petite sauvage qui attaque les arbres?
– Oui, répond Adèle avec une toute petite voix.

– Bon, est-ce qu'on y va, Adèle Benoit?
– Mais, réplique Adèle, ma maman n'est pas là...
– Ne t'inquiète pas, lui dit le directeur. Je vais l'attendre ici. Je lui dirai où tu es.

Un docteur attend Adèle dans la salle des petites opérations. D'abord, il applique une crème autour de sa blessure.

– Cette pommade est magique, Adèle. Grâce à elle, tu ne sentiras presque rien. Mais dis-moi, connais-tu quelqu'un qui fait de la couture ?
– Mémé Fanchon, répond Adèle. Elle fait les ourlets des pantalons.
– Très bien, dit le docteur. Alors, avec cette aiguille, je serai Mémé Fanchon. Et toi, tu seras le pantalon !

À présent, le haut du corps d'Adèle disparaît sous un tissu qui a une fenêtre. D'un côté, Adèle se tient à un doigt ; et de l'autre, elle se tient à une patte.

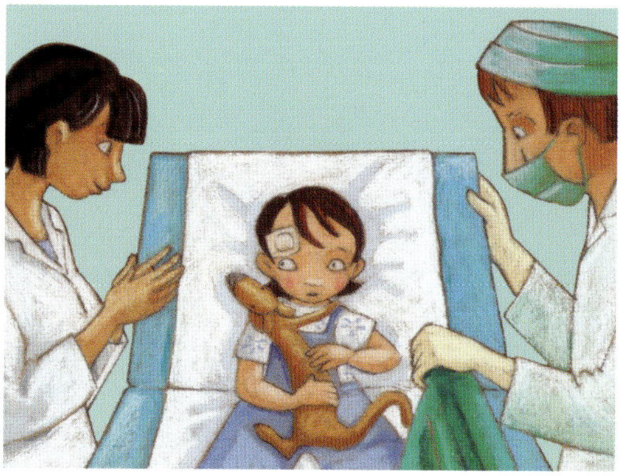

Quatre fois, le médecin la pique et il tire sur le fil. Puis il enlève le tissu et examine son travail.

– Bravo Mémé Fanchon ! dit-il. Cette petite couture est parfaite !

– Oui, approuve l'infirmière. Et bravo Adèle-pantalon !

Adèle a deux larmes accrochées au bord des yeux.

– Vraiment, lui dit le docteur, tu es la plus courageuse petite fille que j'ai rencontrée dans ma vie ! D'ailleurs, mon petit doigt me dit que tes parents seront très très fiers de toi !

Adèle respire, et sa bouche dessine un sourire. Elle demande :

– Tu crois que ma maman est arrivée ?

– Allons voir ça ! dit le docteur.

Et il la prend comme une princesse par le bras.

Dans la salle d'attente, surprise ! La maman d'Adèle est là.

– Quel beau pansement ma Zoupette ! dit-elle en se précipitant vers Adèle.

– Bien, au revoir Adèle ! dit le docteur. Tu as été une petite fille formidable !

– Et au revoir Chouki, dit l'infirmière. Tu as été un kangourou formidable !

Mais tout le monde peut parler maintenant, Adèle n'entend plus rien du tout. Elle est bien trop occupée à se cacher dans le cou de sa maman.

11.

Sango et la rivière

Jean Muzi, illustrations de Charlotte Roederer

Depuis sa naissance, Sango le petit singe n'a jamais quitté Maman Guenon. Il fait des bêtises comme tous les singes de son âge. Mais il lui arrive de plus en plus souvent de se montrer sérieux.
Un matin, il aide Maman Guenon à cueillir des fruits. Il saute d'arbre en arbre, choisit les plus beaux, et va les déposer dans de grands paniers.

Maman Guenon l'observe. Elle réalise qu'il sera bientôt grand, et qu'il pourra vivre sans elle.

– Tout à l'heure, lui dit-elle, tu iras apporter quelques fruits à ta tante Ticha.

Sango est fier que sa maman lui confie cette mission, mais il a peur de se perdre.

– Je ne sais pas aller tout seul chez Tante Ticha, s'inquiète-t-il.

– C'est facile ! dit la guenon d'une voix rassurante. Tu prends le chemin menant à la rivière : ta tante habite de l'autre côté.

Sango saisit le petit panier préparé par sa mère, et part seul pour la première fois.

Arrivé au bord de la rivière, il hésite à s'engager dans l'eau. Il s'approche d'une girafe qui broute avec délicatesse les pousses d'un acacia.

– Dame Girafe, je voudrais savoir si on peut traverser la rivière sans risque ?

– Oui, répond-elle, l'eau n'est pas profonde à cet endroit. Elle n'arrive même pas aux genoux.

Rassuré, Sango décide de traverser.

Mais un lézard l'aperçoit.

– Eh ! jeune imprudent, lui lance-t-il, tu cherches à te noyer ?

– Il n'y a aucun danger, réplique Sango, la rivière n'est pas profonde.

– Détrompe-toi, ma femme s'est noyée ici la semaine dernière.

– Merci de m'avoir prévenu du danger.

Sango s'assoit sur un rocher. Il ne sait plus ce qu'il doit faire. « Je préfère aller demander conseil à Maman », se dit-il avant de rebrousser chemin.

– Déjà de retour ? s'exclame sa mère en l'apercevant.

– Oui...

– Comment va Ticha ?

– Je ne l'ai pas vue.

– Elle était absente ?

– Je n'ai pas pu traverser la rivière, car l'eau est très profonde, explique Sango.

– Tu te trompes, il y a très peu d'eau à cet endroit.

– C'est ce que dit la girafe. Mais le lézard prétend le contraire.

– Lequel des deux a raison ? demanda Maman Guenon.

– Je ne sais pas...

– Réfléchis un peu, mon fils ! La girafe est grande. C'est pour ça qu'elle trouve la rivière peu profonde. Quant au lézard, il est si petit qu'il peut se noyer dans une flaque d'eau. Il est normal que la rivière lui paraisse très profonde. Chacun juge de la profondeur de l'eau selon sa taille.

– Je peux donc traverser, réalise Sango.

Et il reprend le chemin de la rivière.

Arrivé au bord de l'eau, le lézard l'interpelle à nouveau :

– Malheureux, renonce à traverser cette rivière, c'est trop risqué !

– Laisse-moi essayer, réplique Sango.

Il descend dans l'eau et s'éloigne lentement de la berge.

La rivière n'est ni peu profonde comme l'affirmait la girafe, ni très profonde comme le disait le lézard. L'eau arrive à hauteur des épaules de Sango, et il traverse tranquillement en tenant des deux mains le panier de fruits posé sur sa tête.

12.

Fanny veut être grande

Kochka, illustrations de Philippe Diemunsch

Fanny a quatre ans, et son frère Maxime en a huit. Alors Fanny a peu de droits, et Maxime en a plein. Par exemple, Maxime va acheter le pain tout seul, et le soir, il peut lire dans son lit. Quant à Fanny, elle peut aller au square si Maman a le temps, et si Fanny reste jouer près d'elle. Enfin le soir, elle se couche quand on lui dit, sans discuter.

Fanny rouspète.

Fanny trouve que c'est injuste.

– Non, c'est normal, dit Maxime. Je suis deux fois plus grand que toi !

– Tu mens, c'est faux ! crie Fanny.

– Ah bon, répond Maxime. Alors dis-moi, 4 + 4 combien ça fait ?

– Je ne sais pas, pleurniche Fanny. Je suis trop petite.

– Voilà ! répond Maxime. Tu es une naine et je suis un géant.

Fanny s'énerve et se jette sur Maxime.

– Je ne suis pas naine ! Moi aussi je suis géante !

Les vacances de Pâques approchent, et le centre de loisirs propose un séjour à la montagne. Maxime n'est pas certain que ce soit une bonne idée.

– Allez, lui dit Papa, sept jours sans avoir ton papa et ta maman sur le dos ! La liberté quoi ! Le bonheur !

– Bon d'accord, finit par dire Maxime.

– Tu verras, lui dit Papa, quand tu reviendras, tu seras un homme !
« Ah bon ? » s'étonne Fanny rongée par la jalousie. Et elle dit :
– Moi aussi je veux partir !
– Toi, ma Fannette, on verra quand tu seras grande, dit Maman.
– Je suis grande ! crie Fanny en envoyant rouler le chat.

Le jour du départ, Maxime monte dans le train avec d'autres enfants. Ils chantent, rient, et ils mangent des bonbons.
Le train démarre. Sur le quai, les parents agitent les bras et envoient des baisers. Mais Fanny ne fait rien. Fanny boude. Elle enrage. Elle n'est pas si petite que ça ! Elle aurait pu partir aussi !

Trois jours plus tard, le facteur dépose une lettre de Maxime. Fanny veut l'ouvrir tout de suite !
– Non, dit Maman en posant l'enveloppe sur la table. Attendons le retour de Papa.

Fanny n'arrête pas de passer et repasser devant l'enveloppe.

Quand Papa arrive en fin d'après-midi, elle crie en attrapant le chat :
– Venez vite ! Il faut lire la lettre de Maxime !

Lorsque tout le monde est assis sur le canapé, Papa ouvre l'enveloppe. Deux feuilles sont pliées dedans. La première est un dessin pour Papa et Maman. C'est un dragon furieux face au chevalier Maxime qui tient une grande épée. Des mots sont écrits dans le feu qui sort de la bouche du dragon.
Ils disent : **« J'ai vu une cascade. Bisous. »**

La deuxième feuille est pour Fanny. Le cœur battant, elle la déplie. Une fleur est à l'intérieur. Maman lit ce qui est écrit dessous : **« Tu es presque géante. Ici c'est super ! Bientôt tu partiras aussi ! »**

Jamais Fanny n'a reçu une lettre aussi gentille. D'un bond, elle saute du canapé.
Fanny court chercher sa boîte de feutres et un papier, puis demande :
– Maman, est-ce que tu peux écrire « bisous » ?
Maman écrit le mot, et Fanny l'entoure de plein de cœurs et d'étoiles. Ensuite, Maman écrit l'adresse sur une enveloppe, et elle colle un beau timbre.

Bisous

– Je vais la poster ! dit Fanny en enfilant ses chaussures.
– Je t'accompagne, dit Maman.
– Non ! crie Fanny. C'est ma lettre, j'y vais toute seule !
– Laisse-la y aller, dit Papa en souriant à Maman.

Fanny part comme une flèche en serrant sa lettre fort. En faisant attention à ne pas tomber, elle descend les escaliers. Au rez-de-chaussée, elle monte sur la pointe de ses pieds, et appuie sur le bouton ; puis avec ses fesses et son dos, elle pousse la porte du hall. La boîte aux lettres est sur le trottoir devant l'immeuble.

En haut, Papa est sorti sur le balcon pour suivre Fanny des yeux.

Quand elle revient, Fanny est toute rouge et essoufflée.

– J'ai couru très vite, dit-elle, pour pas que la police m'attrape. Sinon, elle aurait cru que j'étais perdue. Et une dame m'a aidée pour atteindre le trou des lettres !

Fanny a gagné !

Elle se sent une géante !

– Bravo ma grande ! dit Maman.

– Je suis fier de toi ! dit Papa.

Et il l'attrape et la soulève jusqu'au plafond.

13.

Le chaton désobéissant

raconté par Robert Giraud d'après un conte russe,
illustrations de Vanessa Gautier

La chatte de la ferme avait un chaton, très gentil et très affectueux, mais qui ne connaissait encore rien à la vie. Aussi sa maman lui expliqua bien qu'il ne devait pas sortir de la cour.

Tout autour s'étendait une immense forêt où aucun chat n'allait jamais, car on pouvait y rencontrer des bêtes terribles.

Un jour, le chaton vit le portail ouvert, et il eut très envie de se promener en liberté. Il se rappela que sa maman le lui avait interdit. Mais il se dit qu'il ferait juste un petit tour, et qu'il reviendrait bien vite.

Le chaton fit un pas, puis deux, puis trois dans la grande prairie. Il se régala à courir dans l'herbe tendre qui lui caressait le poil, à gambader après les papillons qui voletaient de-ci de-là. Mais, sans s'en apercevoir, il s'éloignait de plus en plus de la ferme.

Il courait après un beau papillon tout doré quand, tout à coup, il se retrouva dans l'ombre épaisse de la grande forêt. Le chaton se retourna et ne vit plus la clôture ni le portail de la ferme. Le chaton se blottit au pied d'un arbre et se mit à sangloter en répétant :
– Je me suis perdu ! Je me suis perdu !

Un jeune lapin qui passait par là s'approcha et lui demanda :
– Pourquoi pleures-tu ? Où sont tes parents ? Qui es-tu ?

– Je ne sais pas, fit le chaton tout penaud.
– Est-ce que tu cours vite ? demanda le lapin. Est-ce que tu sautes haut ?
– Oh oui ! fit le chaton.
– Alors, c'est que tu es un lapin comme moi ! Attends-moi, je reviens tout de suite.

Le lapereau courut prévenir ses parents.
– Papa, Maman, j'ai trouvé un petit lapin perdu et affamé !
Son père lui donna une feuille de salade qu'il rapporta aussitôt au chaton.
– Tiens, mon père m'a donné ça pour toi.
Le chaton croqua dedans et la recracha.
– Beurk ! C'est quoi, cette saleté ? dit le chaton dégoûté.
La maman du lapereau, qui arrivait juste à cet instant, examina le chaton.
– Mais tu n'es pas un lapin ! s'écria-t-elle. Tu as de toutes petites oreilles et une longue queue, comme celle des… Attends, attends, attends !… Dis moi, sais-tu grimper aux arbres ?

– Oh oui ! fit le chaton.
– C'est bien ce que je pensais : tu dois être un écureuil. Ne t'inquiète pas, on va s'occuper de toi.

La maman lapin appela les écureuils, qui habitaient à deux pas dans le tronc du grand chêne.
– Eh, vous, là-haut ! Faites quelque chose ! Nous avons trouvé un jeune écureuil qui meurt de faim !
Aussitôt, les écureuils lui jetèrent une noisette. Le chaton mordit dedans et fit la grimace :
– C'est trop dur, je vais me casser les dents.
Le père écureuil descendit alors et, au premier coup d'œil qu'il jeta au chaton, il s'exclama :
– Tu n'es pas un écureuil, toi ! Ton poil n'est pas roux, et ta queue pas assez touffue. Qui peux-tu bien être ? Ah, je vois ! Tout noir avec une bande blanche sur la tête, tu dois être un blaireau. Ne t'inquiète pas, on va s'occuper de toi.

Le papa écureuil se tourna vers un terrier, qui s'ouvrait près des racines du chêne, et cria :

– Eh, voisin ! Il y a ici un petit blaireau qui a perdu ses parents. Tu devrais t'en occuper !

Du fond de son terrier, le blaireau cria :

– Envoie-le-moi ! Je vais lui donner à manger.

Mais le chaton ne voulut rien savoir :

– Je ne veux pas descendre dans ce trou ! Il fait tout noir ! J'ai trop peur !

Le blaireau sortit la tête, et considéra le chaton avec étonnement.

– Mais tu n'es pas un blaireau ! dit-il. Ta queue est trop fine et ton museau n'est pas assez pointu ! Tu dois être… tu dois être… Est-ce que tu manges des souris ?

– Bien sûr ! répondit le chaton.

– Alors tu dois être un hérisson. Ne t'inquiète pas, on va s'occuper de toi.

Le blaireau fit signe à un jeune hérisson qui passait, une souris dans la gueule.
– Petit hérisson, fit-il. Nous venons de trouver un cousin à toi, qui meurt de faim. Occupe-toi de lui !
Le petit hérisson partagea aussitôt sa souris avec le chaton. Puis il se serra contre son nouvel ami. Le chaton hurla de douleur :
– Ouïe ! Aïe ! Ça me pique de partout !
Les parents hérissons accoururent au bruit.
– Qu'est-ce que c'est que cet animal ?
– Un petit hérisson perdu, répondit leur fils.
– Mais ce n'est pas un hérisson, garçon, lui dit son papa. Tu vois bien qu'il n'a pas de piquants. Je me demande quel animal cela peut bien être…

C'est alors que, dans les feuilles du grand chêne, une voix impatiente se fit entendre.

– Vous n'aurez pas bientôt fini de vous agiter ? D'abord ce sont les lapins, puis les écureuils, puis le blaireau, et maintenant les hérissons s'y mettent aussi ! Plus moyen d'avoir la paix ! Qu'est-ce que vous avez tous aujourd'hui ?

C'était la pie qui en avait assez d'être dérangée. Elle descendit de sa branche, et vint se planter devant les animaux.

Les lapins, les écureuils, le blaireau et les hérissons se rangèrent en cercle autour du chaton.

– Eh bien ! voilà, firent tous les animaux en chœur, nous avons trouvé ce petit animal qui avait l'air abandonné. Il ne sait même pas qui il est, et nous, nous n'en avons jamais vu de semblable dans la forêt.

– Pff, fit la pie dédaigneuse. On voit que vous n'êtes jamais sortis d'ici ! Vous ne voyez pas plus loin que l'ombre de ce chêne ! C'est un chat, bien sûr, et pas bien grand, d'ailleurs ! Il doit venir de la ferme voisine. Ne t'inquiète pas, petit, je vais te ramener chez toi. Suis-moi ! dit la pie en s'envolant.

Et le chaton la suivit en sautillant au-dessous d'elle.

La maman chatte, folle d'inquiétude et ne sachant où chercher son petit, tournait en rond dans la cour. Dès qu'elle aperçut la pie accompagnée de son chaton, elle se précipita vers eux avec des cris de joie :

– Mon chaton ! Mon chaton, tu es retrouvé ! Merci la pie ! Tu es vraiment gentille !

La chatte fit mille câlins à son chaton, et le lécha consciencieusement.

Pendant ce temps-là, la pie inspectait la cour du regard. Elle ne vit nulle part les fermiers, et se dit qu'elle pouvait profiter de l'occasion.

Elle fila d'un coup d'aile à la cuisine, vit un beau morceau de fromage sur la table, s'en empara et se sauva.

Le chaton, lui, dit à la chatte :
– Tu sais, Maman, tu avais raison : je n'aurais pas dû sortir de la cour. Je te promets de toujours bien t'obéir.
Et c'est ce que fit le chaton… enfin… presque toujours.

14.

Qui est le plus rusé ?

Agnès Cathala, illustrations de Philippe Diemunsch

Tous les soirs, avant de se coucher, Sam s'allonge sous le palétuvier géant. Il reste là un bout de temps à rêver au jour où il sera grand, assez grand pour braver le vieux lion, celui qui fait si peur à ses parents. Car son papa et sa maman n'arrêtent pas de lui dire tous les soirs, sur tous les tons :

– Sam, fais bien attention, reste près du palétuvier. Au-delà, c'est le domaine du vieux lion, et il n'aime pas être dérangé. D'un coup de dents, il peut dévorer un homme tout entier.

Pourtant, un soir, Sam se dit :
« Bientôt, je vais avoir cinq ans. Si ce vieux lion existe vraiment, il est temps qu'il sache qui je suis. Et on verra bien qui de nous deux est le plus malin… »

Alors, Sam dépasse le palétuvier et s'enfonce dans la savane dorée. Soudain, un énorme rugissement retentit. Le lion est là, à trois mètres de lui.

– Bonjour, dit Sam au lion. Je sais que tu vas me manger. Mais avant, je voudrais que tu écoutes une histoire. Aimes-tu le pil-pil ?

– Bien sûr que non ! rugit le lion.

– Dommage ! dit Sam. Parce que j'en ai plein mon estomac. Et si tu choisis de me manger ce soir, tu vas trouver que j'ai un goût de pil-pil !

– Qu'à cela ne tienne, rugit le lion.
Je te mangerai une autre fois.

Et le lion s'en va.

Le lendemain soir, Sam ne peut pas s'empêcher de revenir au même endroit. Le lion est déjà là.

– Tu vois, dit Sam. Tu es le plus fort, mais tu n'es pas le plus rusé. Sinon, tu m'aurais mangé la première fois.

– Ah oui ? rugit le lion. Toi non plus, tu n'es pas le plus rusé. Sinon, tu ne serais pas revenu… et je vais te croquer tout cru !

– Attends ! dit Sam. Avant de me manger, il y a une chose que tu dois savoir. Tu vois ces boutons sur mes bras ? C'est la varicelle, une maladie très dangereuse pour les lions. Si tu me manges, tu vas l'attraper. Et comme aucun docteur ne voudra soigner un lion aussi féroce que toi, tu ne guériras jamais. D'ailleurs, en restant ici, tu risques de l'attraper.
Pris de panique, le vieux lion déguerpit.

Bien sûr, le lendemain, Sam ne peut pas s'empêcher de revenir au même endroit. Et, bien sûr, le lion est déjà là.

– Tu vois, dit Sam. Tu es le plus fort, mais tu n'es pas le plus rusé. Sinon, tu aurais reconnu des boutons de moustique. Hier soir, tu as encore raté une belle occasion de me manger !
– C'est ce que tu crois ! rugit le lion en se léchant les babines. Je ne vais pas te laisser filer cette fois… Mais, tu ne dis rien, toi qui d'habitude es si bavard ? continue le lion. Tu as enfin compris que c'est moi le plus fort et le plus rusé !
– Non, dit Sam. Le plus fort et le plus rusé, ce n'est ni toi ni moi.
– Ah bon ? rugit le lion. Mais qui est-ce donc ?
– C'est l'éléphant derrière toi qui va nous écrabouiller.
– Un éléphant ? Où ça ? demande le lion affolé.

Sans perdre une minute, Sam en profite pour prendre la poudre d'escampette.

Et, quand le lion se tourne à nouveau, il ne voit plus personne ! Sam a filé au grand galop.

Quand Sam rentre chez lui tout essoufflé, il voit un gros gâteau d'anniversaire sur la table.

– Sam, te voilà grand, lui dit sa maman. Il est temps que tu saches. Cette histoire de lion, c'était juste une ruse inventée par Papa pour que tu n'ailles pas trop loin de la maison. Bon anniversaire mon garçon !

« C'est fou ce que les parents sont parfois capables d'inventer ! » se dit Sam cette nuit-là avant de s'endormir… en serrant son vieux doudou-lion contre lui.

15.

Le souriceau le plus courageux du monde

raconté par Robert Giraud d'après un conte esquimau
collecté par Albena Ivanovitch-Lair, illustrations de Pierre Bailly

Un petit souriceau partit un matin pour une longue promenade. Sa grand-mère souris lui recommanda d'être prudent, et l'accompagna jusqu'à l'entrée du terrier.

Le souriceau ne revint que le soir, fatigué et affamé.

– Oh, grand-mère ! s'écria-t-il. Tu ne devineras jamais ce qui m'est arrivé ! Mais d'abord, donne-moi à manger, s'il te plaît, je meurs de faim !

La grand-mère lui servit une grande part de galette et un bol de lait. Le souriceau se dépêcha d'avaler les premières bouchées, puis il raconta :

– Tu te rends compte, grand-mère ! Je suis le plus fort, le plus agile et le plus courageux de tous les animaux du monde. Dire que, jusqu'à aujourd'hui, je ne le savais pas !

– Et comment t'en es-tu aperçu ? lui demanda sa grand-mère.

– Tu vas voir ! répondit le petit souriceau, tout excité. Je suis sorti du terrier, j'ai marché, j'ai marché et je suis arrivé au bord d'une mer immense, avec plein de vagues. Mais je n'ai pas eu peur, expliqua le petit souriceau. Je me suis jeté à l'eau et j'ai traversé la mer à la nage. Je n'aurais jamais pensé que je savais aussi bien nager.

– Où est-elle donc, cette mer ? interrogea la grand-mère.
– Loin, très loin de notre terrier, du côté où le soleil se lève, répondit le souriceau.
– Je la connais, cette mer, dit la grand-mère. Elle est en bordure de la clairière du grand chêne, n'est-ce pas ?
– Oui, fit le petit.
– Mais sais-tu que c'est un renne qui l'a faite ? Un renne, aussi grand que celui que tu vois par la fenêtre, est passé par là l'autre jour, son sabot s'est enfoncé dans le sol, et le creux ainsi formé s'est rempli d'eau.

Le souriceau, sans se décourager, reprit :
– Peut-être, mais ce n'est pas tout. D'abord, je me suis fait sécher au soleil, puis je suis reparti.

Il s'arrêta pour croquer un bout de galette, et poursuivit :

– Aussitôt, j'ai vu une montagne terriblement haute, même que les arbres qui poussaient dessus montaient jusqu'aux nuages. Plutôt que d'en faire le tour, j'ai décidé de sauter par-dessus. J'ai pris mon élan, et j'ai franchi la montagne. Je n'aurais jamais pensé que je pouvais sauter aussi haut.

– Ta montagne aussi je la connais, dit la grand-mère. Derrière le creux rempli d'eau, il y a une grosse motte de terre couverte d'herbe.

Le souriceau poussa un gros soupir et continua :
– Attends, ce n'est pas fini. J'ai vu deux ours en train de se battre. Ils se griffaient, se mordaient avec leurs vilaines dents rouges.

Il avala encore quelques bouchées avant d'ajouter :
– Mais je n'ai pas eu peur. Je me suis jeté entre eux, et je les ai envoyés balader chacun d'un côté. Je n'en revenais pas d'être venu tout seul à bout de deux ours.
La grand-mère réfléchit un moment, puis dit :
– Ils avaient de vilaines dents rouges, tu dis ? Alors, c'étaient des musaraignes.

Le souriceau soupira à fendre l'âme :
– Alors, je ne suis ni fort, ni agile, ni courageux. J'ai traversé une flaque de rien du tout, j'ai sauté par-dessus une simple motte, et j'ai bousculé seulement deux musaraignes…
Et il fondit en larmes.

Mais sa grand-mère rit doucement et le consola :
– Pour un si petit souriceau qui ne sait pas encore grand-chose, une trace de sabot est vraiment une mer, une motte de terre est vraiment une montagne, des musaraignes sont vraiment des ours. L'essentiel, c'est que tu n'as jamais eu peur. Donc, tu es bien le plus fort, le plus agile et le plus courageux de tous les animaux du monde.

16.

Le petit loup qui se prenait pour un grand

raconté par Albena Ivanovitch-Lair
d'après un conte bulgare, illustrations d'Éric Gasté

Un jeune loup affamé marchait dans la campagne, à la recherche d'une proie à dévorer. Tout à coup, il aperçut un cheval qui broutait l'herbe du fossé. L'œil du petit loup s'alluma de contentement. « Enfin, je vais pouvoir me remplir le ventre », se dit-il.
Et il passa une langue gourmande sur ses babines.

La mine conquérante, le petit loup s'approcha du cheval, et dit :
– Je meurs de faim, et c'est toi que je vais dévorer. Il faut bien que je mange pour vivre !
Le vieux cheval répondit calmement :
– Tu as raison, mange-moi, c'est la loi de la nature ! Mais je t'en prie, fais-le dans les règles.
Le petit loup, prêt à bondir, s'arrêta net :
– Quelles règles ?
– Ton père ne t'a donc rien appris ? Lui sait qu'avant de manger un cheval, il faut lui enlever les sabots. C'est la tradition et, comme ça, il est plus facile à digérer.
– Et comment je ferai pour enlever tes sabots ?
– Ce que tu peux être ignorant, mon pauvre ami ! Tu te places derrière moi et tu enlèves mes sabots arrière, puis tu fais pareil pour ceux de devant. La tradition respectée, tu pourras me manger.

Sans réfléchir une seconde, le petit loup se plaça derrière le cheval. Il s'apprêtait à attraper l'une de ses jambes, quand celui-ci, d'une formidable ruade, lui envoya ses deux sabots en plein museau.
Le petit loup hurla, et se retrouva projeté en l'air… avant de retomber sur le sol vingt mètres plus loin, complètement assommé.
Lorsqu'il retrouva ses esprits, il avait une énorme bosse au front et une terrible douleur à la mâchoire.
Quant au cheval, bien sûr, il n'avait pas attendu son réveil !

Le petit loup alla à la rivière pour mettre de l'eau fraîche sur sa bosse, et calmer la douleur.
Deux moutons arrivèrent au même moment, et se mirent à boire avidement.
« Le cheval m'a échappé, mais ces moutons, je les aurai », se dit le petit loup qui avait de plus en plus faim.
Il leur cria :
– Oh là ! vous deux ! Vous buvez l'eau de ma rivière, c'est une faute grave. Pour vous punir, je dois vous manger !

Les moutons examinèrent le petit loup, et échangèrent un regard sans rien dire.

– D'accord, dit le plus âgé. Nous sommes coupables, et tu dois nous manger ! Mais avant, il te faut choisir celui que tu mangeras le premier.

– À quoi bon ? De toute façon je vous mangerai tous les deux.

– Pas question ! s'exclama le deuxième mouton. Tu dois nous manger dans les règles.

– Quelles règles ?
– Ce que tu peux être ignorant ! Ton père ne t'a vraiment rien appris ? Lui sait choisir celui qu'il doit manger en premier. Assieds-toi au bord de l'eau, et nous, nous allons reculer de cent pas. Après, tu donneras le signal, et nous courrons vers toi. Le dernier arrivé sera le premier mangé. C'est la tradition, et en plus c'est amusant.

Sans se poser plus de questions, le petit loup s'assit sur la berge, le dos à la rivière. Les moutons s'éloignèrent de cent pas, puis s'arrêtèrent.
Le petit loup tout content leur cria :
– Attention ! Prêts ! Partez !

Les deux moutons prirent leur élan, se précipitèrent sur le loup, et le frappèrent de toutes leurs forces.
Le petit loup culbuta dans l'eau.

À cet endroit, la rivière était profonde, et il faillit se noyer dans les remous. Après bien des efforts, il réussit à se hisser sur la rive. Il était trempé jusqu'aux os, et son estomac criait famine. Mais les moutons avaient filé depuis longtemps…

Frissonnant de froid et de faim, le petit loup reprit sa route. C'est alors qu'il aperçut un âne dans un champ de blé.
« Le cheval et les moutons ont été plus malins que moi, se dit-il. Mais cet âne ne m'échappera pas. Il va voir de quoi je suis capable. »

– Tu es en train de manger le blé des hommes ! Pour te punir, je vais te dévorer ! annonça le petit loup.
L'âne d'abord prit peur, mais remarquant la jeunesse de son agresseur, il se dit qu'il arriverait à s'en débarrasser.
Le petit loup s'apprêtait à bondir, quand l'âne s'exclama :
– Enfin te voilà ! Mon maître te cherche partout. Il veut faire de toi le témoin de son fils à son mariage. Monte sur mon dos, nous avons juste le temps d'arriver à l'heure à la cérémonie.
– Je ne comprends rien à ce que tu dis, s'étonna le petit loup, tu veux m'embrouiller.
– Mais d'où sors-tu pour être si ignorant ? Tu n'as donc jamais écouté ton père ! Ne sais-tu pas que, chez les hommes, cela porte bonheur d'avoir un loup comme témoin du marié ? C'est la tradition, et en plus la cérémonie est suivie d'un festin. Tu n'auras jamais assez d'appétit pour avaler tous les plats succulents qu'on te servira, crois-moi. Allez, monte sur mon dos !
Sans réfléchir davantage, le petit loup, alléché à l'idée de cet énorme festin, monta sur le dos de l'âne, qui prit le trot en direction du village.

Un paysan aperçut de loin l'étrange équipage, et dévala à toutes jambes la colline en hurlant « au loup ! » de toutes ses forces.

À ces cris, les villageois s'armèrent de faux, de fourches et de solides bâtons, prêts à recevoir le loup comme il se doit.

Quand l'âne arriva à l'entrée du village, le petit loup aperçut la foule rassemblée, et prit peur.

– Fais demi-tour, vite ! cria-t-il à l'âne, ils vont nous réduire en bouillie !

L'âne prit le temps de le rassurer :
– Ne crains rien, gros bêta, ils sont là pour t'accueillir avec les honneurs dus à un témoin de mariage, c'est la tradition.

Deux secondes plus tard, sans crier gare, l'âne s'arrêta brusquement, et précipita à terre son cavalier. Le petit loup faillit se rompre tête et pattes. Il n'eut pas le temps de se relever, que déjà les villageois le rouaient de coups.
Hurlant de douleur, le petit loup eut bien du mal à leur échapper, tandis que l'âne savourait tranquillement sa victoire.

Le petit loup courut à en perdre le souffle jusqu'à sa tanière. Une fois couché, il se demanda pourquoi il avait écouté le cheval, les moutons et l'âne. Tous l'avaient grossièrement trompé.
« Je dois apprendre à réfléchir ! » se dit-il.

Et sur cette bonne résolution, il s'endormit.
Il avait presque oublié sa faim, car ne dit-on pas : « Qui dort dîne » ?

Pour découvrir les merveilleuses histoires du Père Castor

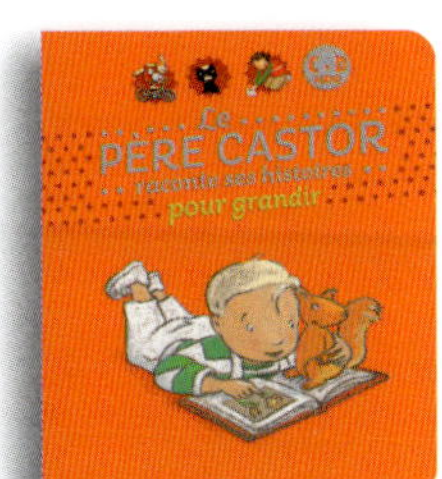

Pour partager chaque jour
avec les enfants d'aujourd'hui
les trésors d'hier et de demain

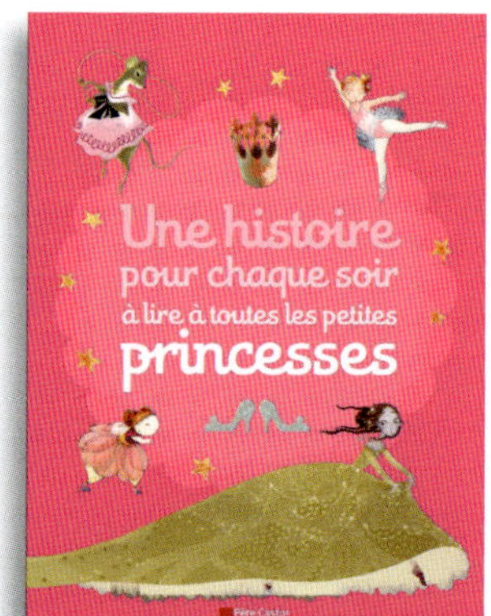

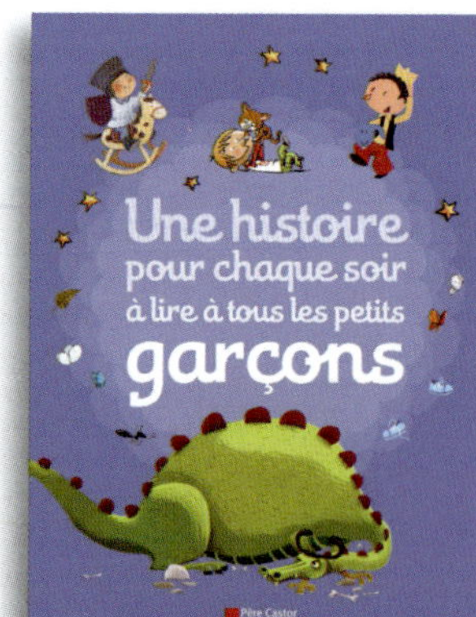

Pour écouter ou réécouter les contes incontournables du Père Castor

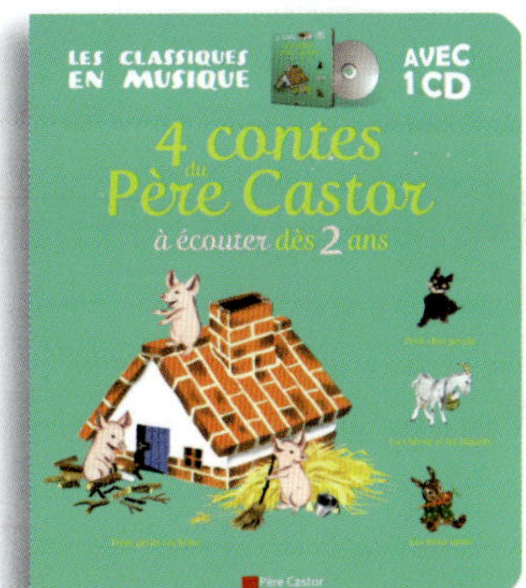

Avec un CD reprenant l'intégralité des textes lus par des comédiens.